天氣及相關的字 Weather & Related Characters

Chinese U See

象形卡通

6

Min Guo
郭敏

起步版 Beginner's Edition

香港字藝出版社
Hong Kong Word Art Press

Chinese U See 6 *Beginner's Edition*   Weather & Related Characters

Author: Min Guo
Illustrator: Min Guo
Editor: Kim Yueng NG
Publisher: Hong Kong Word Art Press
Address: Unit 503, 5/F, Tower 2, Lippo Center, 89 Queensway, Admiralty, HK
Website: www.wordart.com.hk
Edition: First published in Hong Kong in July, 2017.
Size: 210mm×190mm
ISBN: 978-988-14915-2-7

象形卡通 6   起步版   天氣及相關的字

作　　者： 郭　敏
繪　　畫： 郭　敏
編　　輯： 吳劍楊
出　　版： 香港字藝出版社
地　　址： 香港金鐘金鐘道 89 號力寶中心第 2 座 5 樓 503 室
網　　頁： **www.wordart.com.hk**
版　　次： 2017 年 7 月香港第一版
規　　格： 210 mm x190 mm
國際書號： 978-988-14915-2-7

哪一種方法更有效？

象形卡通　　現代漢字　　一般圖畫

ròu

肉

meat

　　象形卡通以生動的生活畫面，增強了識字教學的直觀性、形象性和趣味性，能夠使學生在輕鬆愉快的氛圍中立刻辨明漢字的字義、字形和筆畫，能有效地提高學生的識字能力和速度。象形漢字是小小的藍圖，象形卡通就是它們的設計圖像，把漢字轉變成圖畫的過程，是培養孩子觀察力、想像力和創作力的最佳方法。

　　象形卡通是根據現代漢字的字形、字義、筆畫、結構、文化內涵、字與字之間的關聯，并參照有關歷史文獻、甲骨文殘余的象形字、民間傳說、風俗習慣及地方方言等所創作的。象形卡通也是根據對現代漢字象形特點的研究、現代六書、現代漢字字理的研究和兒童認知理論所設計的。

Which Way Is Better?

Pictographic Cartoon	Chinese Character	Common Picture

ròu

肉

meat

   Pictographic cartoons add straightforward, lifelike, and interesting elements to character recognition, help students understand the meanings, the shapes and the strokes of Chinese characters immediately, efficiently improve students' ability and speed to recognize these characters in a fun way. They also support an easy learning environment for Chinese education. Chinese pictographs are little blueprints: the pictographic cartoons are their designed images.The process of changing characters into pictures is the best method to develop students' abilities of analysis, imagination and creativity.

   Pictographic cartoons are created based on the shapes, the meanings, the strokes, the structures, and the connections of modern Chinese characters, referring to the related historical research and documentation, cultural connotations hidden in the structures of modern Chinese characters, ancient pictographs, folklore, customs, and local dialects. They are also designed based on more than 10 years' research on the pictographic characteristics, the Six Formations, the explanations of modern Chinese characters and the theories of children's cognitive development.

Table of Contents
目錄

The Stroke Orders 筆順

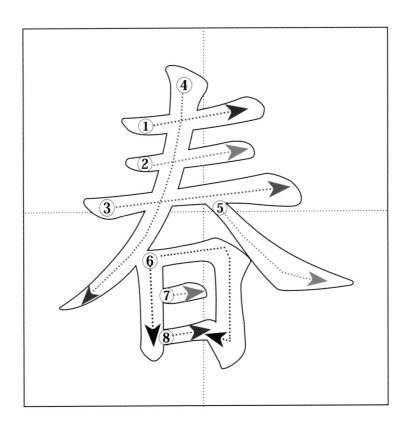

Lesson One 第一課

chūn

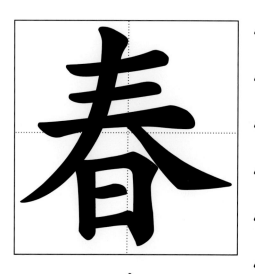

spring

Chūn tiān chūn nuǎn huā kāi

春天春暖花開。

Spring is warm with blossoms.

①

The Stroke Orders 筆順

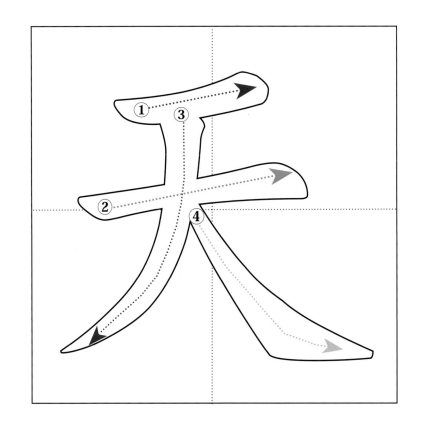

tiān

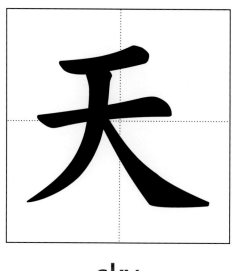

sky

Chūn tiān dà yàn fēi huí lai

春天大雁飛回來。

Wild geese fly back in spring.

3

The Stroke Orders 筆順

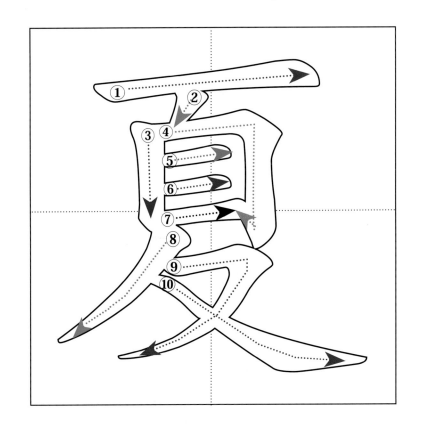

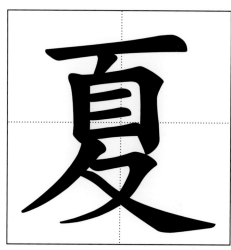

summer

Xià tiān nóng mín zhòng tián máng

夏天農民種田忙。

Farmers are busy with farming in summer.

5

The Stroke Orders 筆順

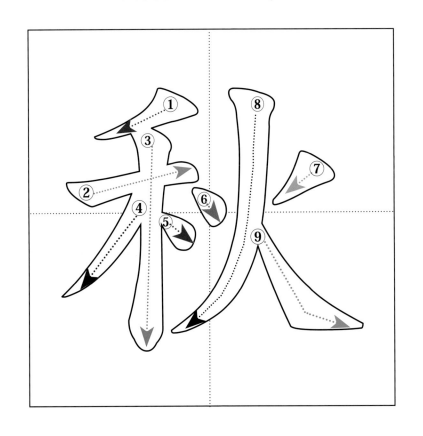

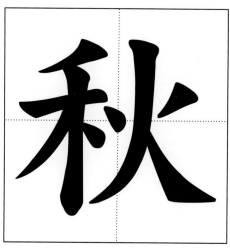

autumn

Qiū tiān shuò guǒ lěi lěi

秋天碩果累累。

Trees bear lot of fruit in autumn.

7

The Stroke Orders 筆順

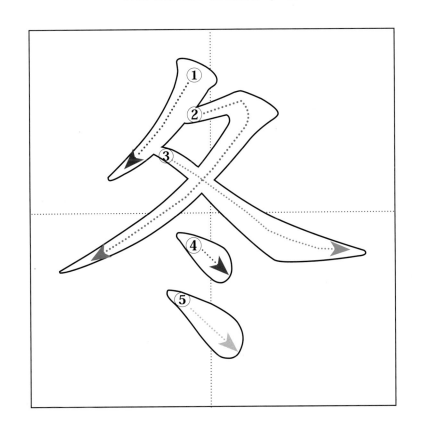

dōng

winter

Dōng tiān bīng tiān xuě dì

冬天冰天雪地。

The ground is covered with ice and snow.

9

The Stroke Orders 筆順

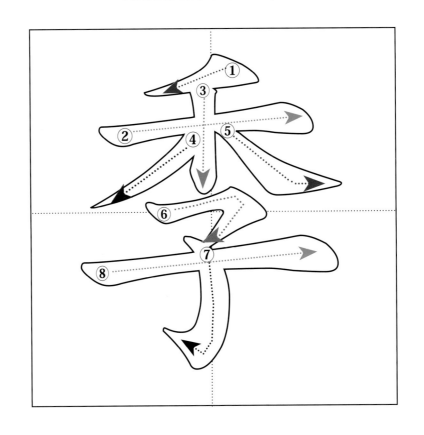

season

Běi fāng yì nián sì jì fēn míng

北方一年四季分明。

There are four distinct seasons in the north.

jì	jié
季	節

seasons

chūn	jì
春	季

spring

xià	jì
夏	季

summer

qiū	jì
秋	季

autumn

dōng	jì
冬	季

winter

Sì yuè shì shén me jì jié
1. 四月是甚麼季節？
What season is it in April?

Qī yuè shì shén me jì jié
2. 七月是甚麼季節？
What season is it in July?

Shí yuè shì shén me jì jié
3. 十月是甚麼季節？
What season is it in October?

Shí èr yuè shì shén me jì jié
4. 十二月是甚麼季節？
What season is it in December?

The Stroke Orders 筆順

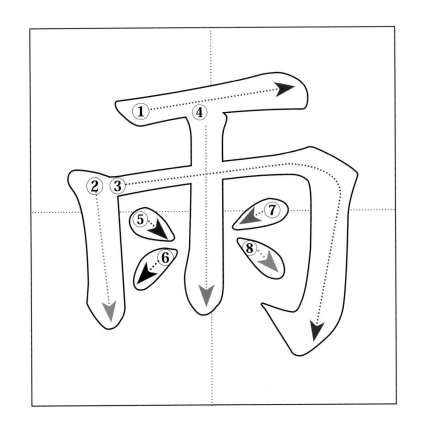

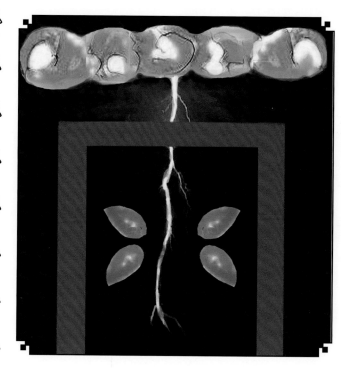

yǔ

rain

Chūn tiān yǒu shí xià yǔ

春天有時下雨。

Sometimes, it rains in spring.

The Stroke Orders 筆順

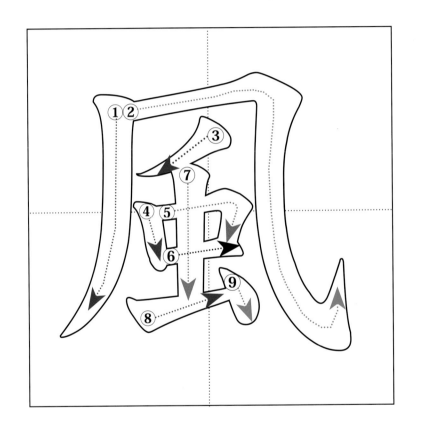

fēng

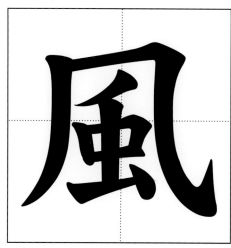

wind

Chūn tiān yǒu shí guā fēng

春天有時颳風。

Sometimes, it is windy in spring.

17

The Stroke Orders 筆順

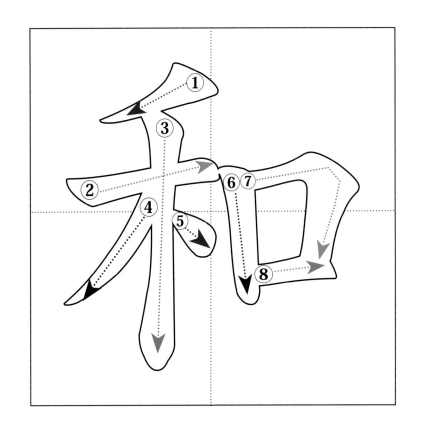

hé/hou

and

Chūn tiān tiān qì hěn nuǎn huo

春天天氣很暖和。

The weather is very warm in spring.

19

The Stroke Orders 筆順

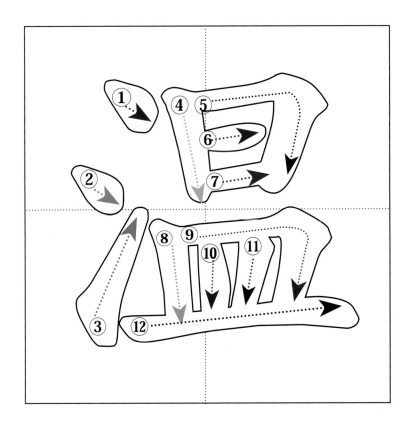

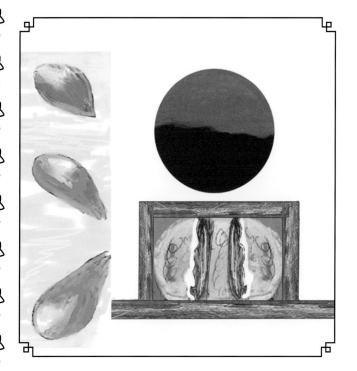

温

warm

Qì wēn zài shí wǔ dù zuǒ yòu

氣溫在十五度左右。

The temperature is about 15 degrees.

21

The Stroke Orders 筆順

táo

peach

Chūn tiān de táo huā hěn hǎo kàn

春天的桃花很好看。

The peach flowers are very pretty in spring.

23

chūn nuǎn huā kāi
春暖花開
warm spring with blossoms

shuò guǒ lěi lěi
碩果累累
trees bear a lot of fruit

sì jì fēn míng
四季分明
four distinct seasons

kuáng fēng bào yǔ
狂風暴雨
windy and stormy

24

The Stroke Orders 筆順

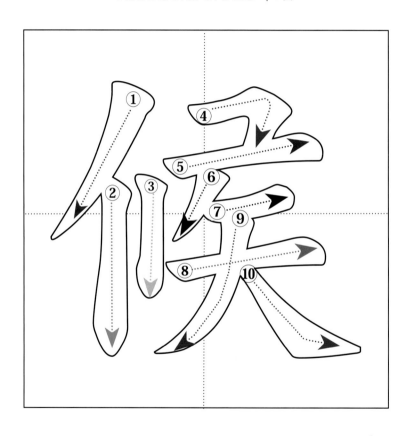

hòu

候

wait

Xià tiān qì hòu biàn huà wú cháng

夏天氣候變化無常。

The climate in summer is changeable.

27

The Stroke Orders 筆順

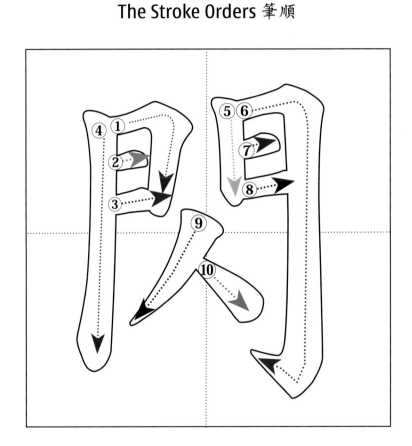

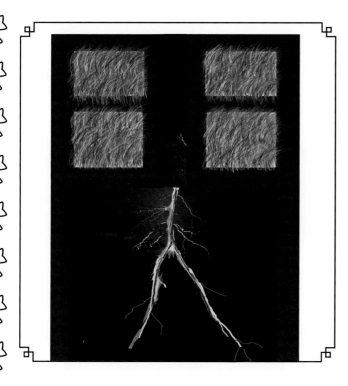

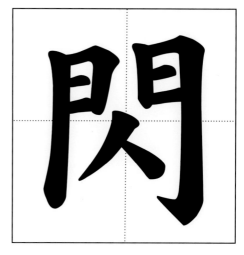

lightning

Yǒu shí diàn shǎn léi míng

有時電閃雷鳴。

Sometimes, there is thunder and lightning.

29

The Stroke Orders 筆順

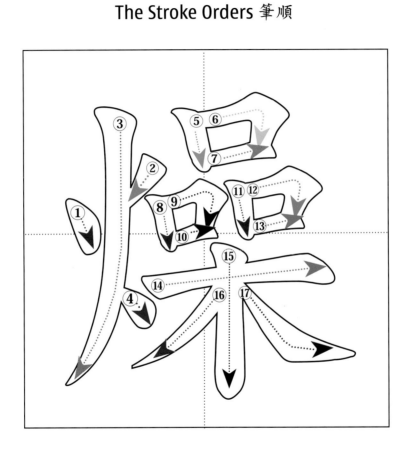

zào

dry

Yǒu shí tiān qì gān zào yán rè

有 時 天 氣 乾 燥 炎 熱 。

Sometimes, the weather is dry and hot.

The Stroke Orders 筆順

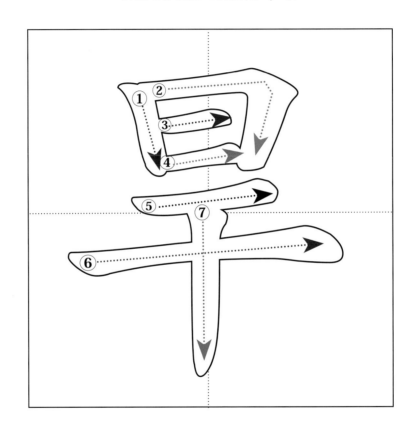

hàn

drought

Yǒu shí huì yǒu hóng shuǐ huò gān hàn

有時會有洪水或乾旱。

Sometimes, there is a flood or a drought.

33

The Stroke Orders 筆順

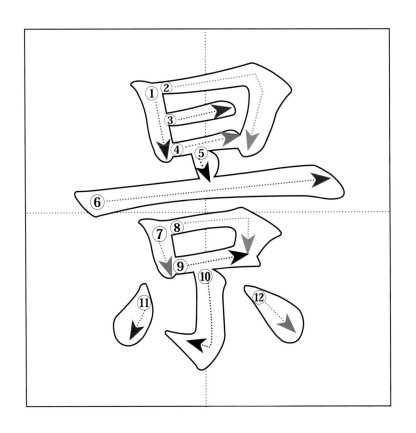

landscape/scene

Xià tiān de fēng jǐng hěn měi lì

夏天的風景很美麗。

The scenery in summer is very beautiful.

35

shǎn	diàn
閃	電

lightning

tái	fēng
颱	風

typhoon

duō	yún
多	雲

cloudy

bīng	báo
冰	雹

hail

léi	yǔ
雷	雨

thunderstorm

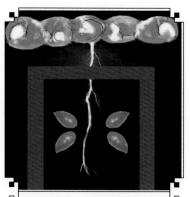  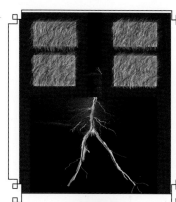

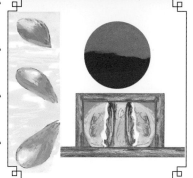  

雨 閃 問 候 温 旱 早 風

The Stroke Orders 筆順

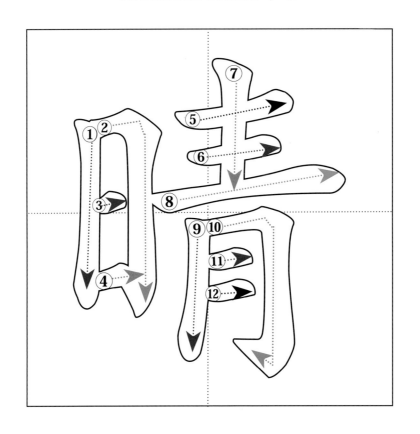

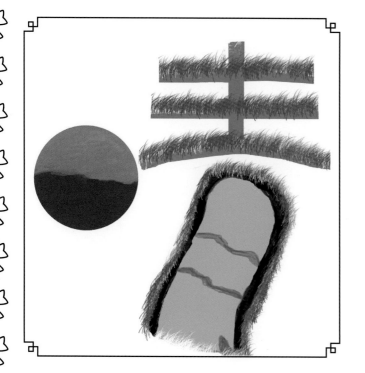

fine/clear

Qiū tiān měi tiān dōu shì qíng tiān

秋天每天都是晴天。

Every day is a fine day in autumn.

39

The Stroke Orders 筆順

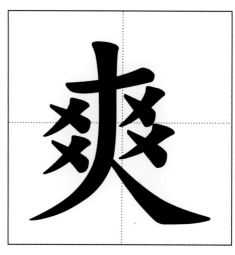

cool/fresh

Qiū tiān qiū gāo qì shuǎng

秋天秋高氣爽。

The weather is fine and fresh in autumn.

47

The Stroke Orders 筆順

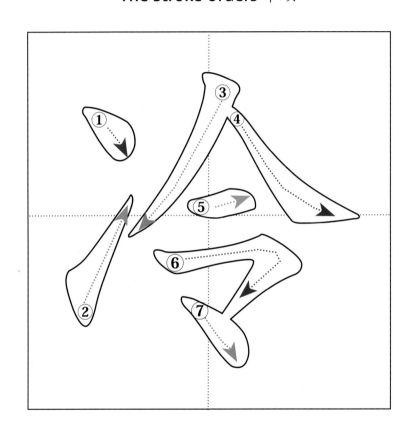

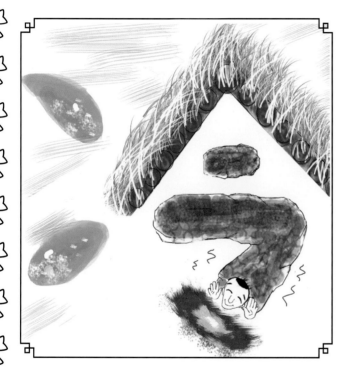

lěng

cold

Tiān qì bù lěng yě bú rè

天氣不冷也不熱。

It is not cold nor hot.

The Stroke Orders 筆順

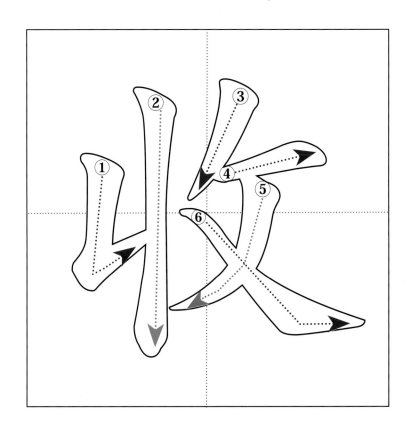

shōu

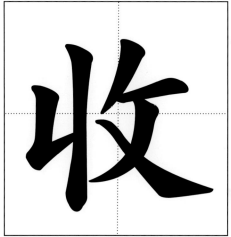

收

harvest/receive

Qiū tiān shì shōu huò de jì jié

秋天是收穫的季節。

Autumn is a harvest season.

45

The Stroke Orders 筆順

jú

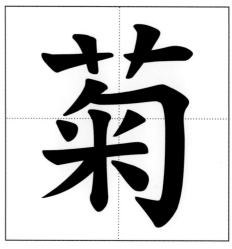

chrysanthemum

Qiū tiān de jú huā hěn měi lì

秋天的菊花很美麗。

Chrysanthemums are very beautiful in autumn.

47

Jīn tiān tiān qíng　　méi yǒu yún　　yě méi yǒu yǔ
今天天晴，沒有雲，也沒有雨。
Today is a fine day. There is no cloud, and no rain.

Qì wēn zài èr shí dù zuǒ yòu　　tiān qì hěn nuǎn hou
氣溫在二十度左右，天氣很暖和。
The the temperature is about 20 degrees. It is getting warm. It is cloudy

Míng tiān duō yún　　yǒu xiǎo yǔ
明天多雲，有小雨。
tomorrow. Sometimes, there will be drizzle.

dù
度
degree

nuǎn
暖
warm

chūn huā 春花 spring flowers	xià yǔ 夏雨 summer rain	qiū shí 秋實 autumn fruit	dōng xuě 冬雪 winter snow
qì hòu 氣候 climate	qì wēn 氣溫 temperature	nuǎn huo 暖和 warm	liáng shuǎng 涼爽 cool
wēn dù 溫度 temperature	qiū shōu 秋收 harvest	yán rè 炎熱 hot	wēn nuǎn 溫暖 warm (formal)

The Stroke Orders 筆順

Lesson Three 第三課

xuě

snow

Dōng tiān yǒu shí xià xuě

冬天有時下雪。

It snows sometimes in winter.

The Stroke Orders 筆順

frost

Dōng tiān yǒu shí yǒu shuāng dòng

冬天有時有霜凍。

There is frost sometimes in winter.

The Stroke Orders 筆順

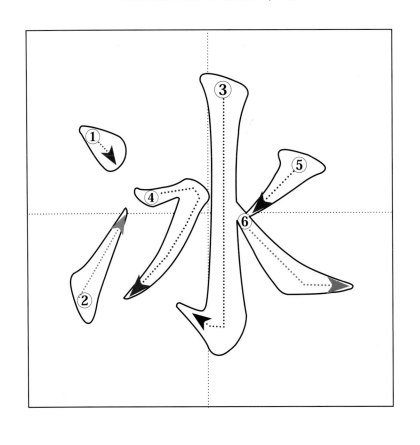

bīng

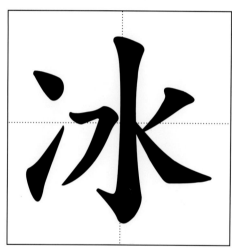

冰

ice

Hé   liú   jié   chéng   le   bīng

河 流 結 成 了 冰 。

The rivers are frozen into ice.

55

The Stroke Orders 筆順

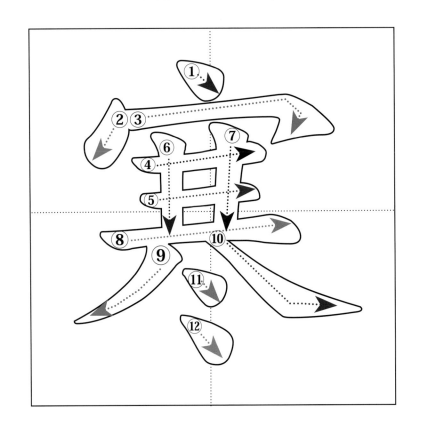

hán

chill/cold

Dōng tiān qì wēn hán lěng

冬天氣溫寒冷。

It is very cold in winter.

57

The Stroke Orders 筆順

kǎo

烤

grill

Dōng tiān wǒ zuì ài chī shāo kǎo

冬天我最愛吃燒烤。

In winter, I like to eat barbecues most.

59

Chūn tiān lěng bu lěng
1. 春天冷不冷？
Is it cold in spring?

Xià tiān rè bu rè
2. 夏天熱不熱？
Is it hot in summer?

Qiū tiān liáng bu liáng
3. 秋天涼不涼？
Is it cool in autumn?

Dōng tiān yǒu mei yǒu bīng
4. 冬天有沒有冰？
Is there any ice in winter?

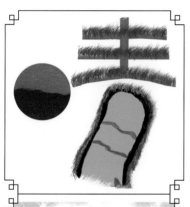

情晴冷拎寒爽霜雪

The Stroke Orders 筆順

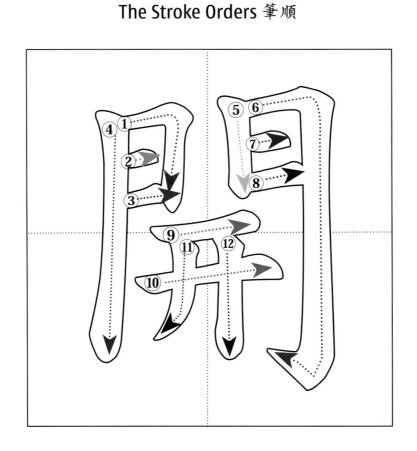

kāi

開

open

Tā xìng Lǐ ， jiào Lǐ Kāimíng
他姓李，叫李開明。
His surname is Li. He is called Kai-ming Li.

The Stroke Orders 筆順

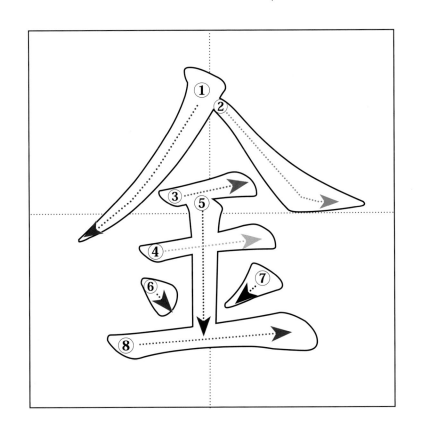

金

gold/a surname

Tā xìng Jīn jiào Jīn Xià

他姓金，叫金夏。

His surname is Jin. He is called Jin Xia.

The Stroke Orders 筆順

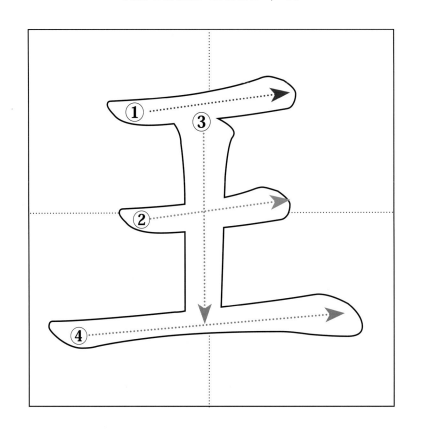

wáng

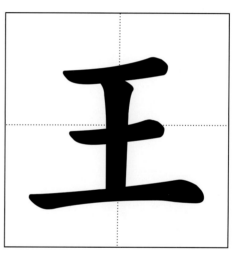

king/a surname

Nǐ xìng Wáng jiào Wáng Qiūshí

你姓王，叫王秋實。

Your surname is Wang. You are called Qiu-shi Wang.

67

The Stroke Orders 筆順

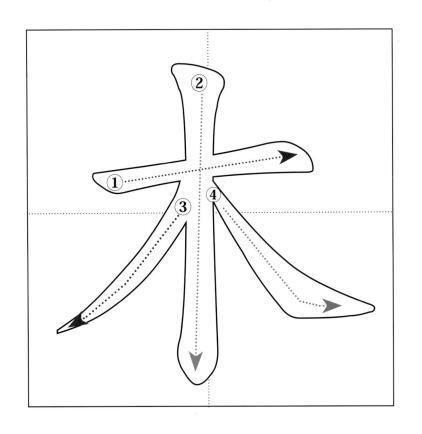

mù

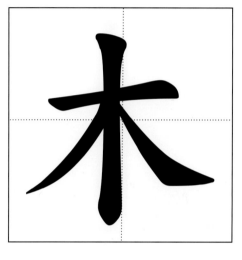

wood/a surname

Wǒ xìng Mù jiào Mù Dōngqīng

我姓木，叫木冬青。

My surname is Mu. My full name is Dong Qing Mu.

The Stroke Orders 筆順

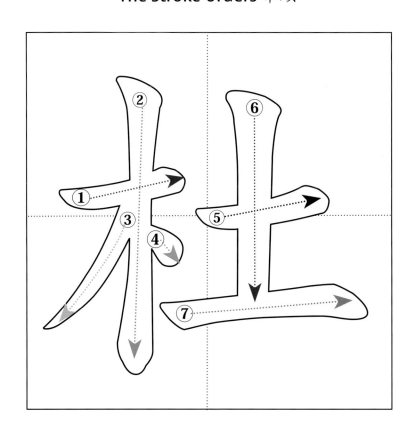

dù

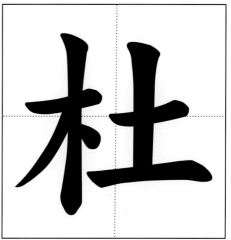

杜

a surname

Tā xìng Dù jiào Dù Xiǎoxuě

她姓杜，叫杜小雪。

Her surname is Du. She is called Xiao-xue Du.

71

jīn tiān

今 天

today

míng tiān

明 天

tomorrow

zuó tiān

昨 天

yesterday

měi tiān

每 天

every day

hòu tiān

後 天

the day after tomorrow

qián tiān

前 天

the day before yesterday

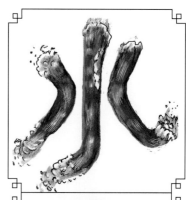

金王土本水木火土

The Stroke Orders 筆順

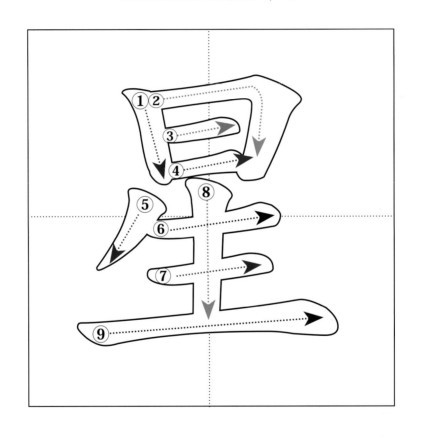

Lesson Four 第四課

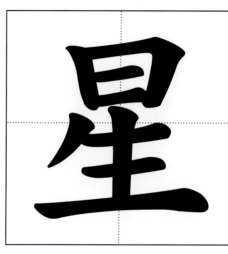

star

Xīngqīyī shì qíng tiān

星 期 一 是 晴 天 。

Monday is a fine day.

75

The Stroke Orders 筆順

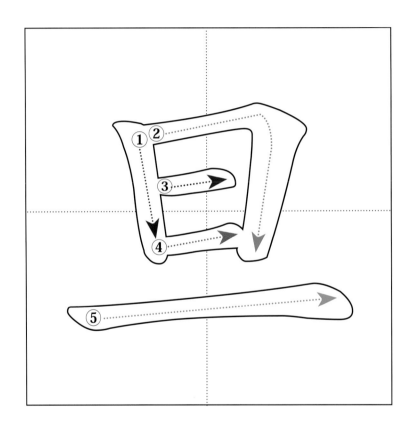

dàn

旦

dawn/once

Yuándàn shì Xīnnián
元旦是新年。
Yuan Dan is New Year.

The Stroke Orders 筆順

jié

節

festival

Zhōngguó Nián jiào Chūnjié

中國年叫春節。

Chinese New Year is also called the Spring Festival.

79

The Stroke Orders 筆順

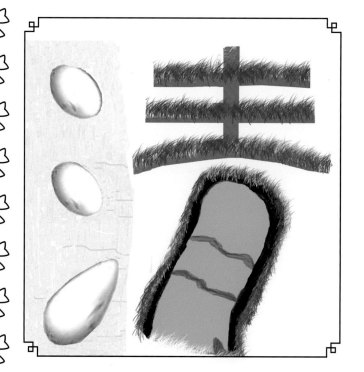

清

clear

Sì yuè wǔ rì shì Qīngmíng Jié

四月五日是清明節。

April 5 is the Qing Ming Festival.

＊應該是公曆的四月五日前後。

81

The Stroke Orders 筆順

láo

labor

Wǔ yuè yī rì shì Láodòng Jié

五月一日是勞動節。

May 1 is Labor Day.

Tiān qì yù bào
天氣預報

Míng tiān shàng wǔ yǒu shí duō yún， xià wǔ yǒu
明天上午有時多雲，下午有

léi bào yǔ， sān hào tái fēng kāi shǐ dēng lù。 Qì
雷暴雨，三號颱風開始登陸。氣

wēn zài èr shí bā dù zuǒ yòu。 Hòu tiān shàng wǔ yǒu
溫在二十八度左右。後天上午有

xiǎo yǔ， xià wǔ tiān qíng， yǒu shí yīn， qì wēn
小雨，下午天晴，有時陰，氣溫

zài sān shí èr dù zuǒ yòu.
在三十二度左右。

生詞：預報 forecast
　　　開始 begin
　　　登陸 land　　陰 cloudy

84

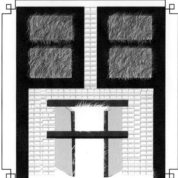

菊 桃 挑 節 開 閃 勞 收

85

The Stroke Orders 筆順

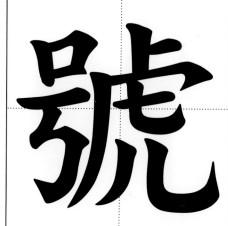

號

horn/number

Liù yuè yī hào shì Értóng Jié

六月一號是兒童節。

June 1 is Children's Day.

The Stroke Orders 筆順

亮

bright

Zhōngqiū Jié yuè liang yuán

中秋節月亮圓。

There is a full moon at the Mid-Autumn Festival.

The Stroke Orders 筆順

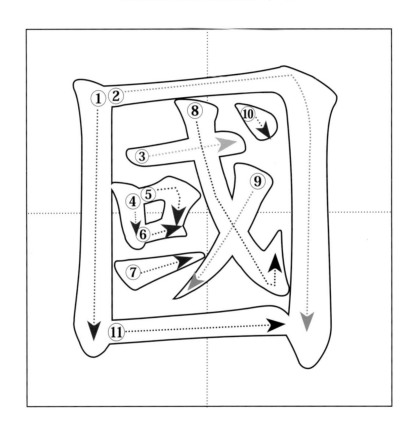

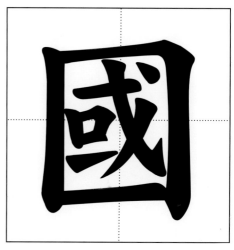

guó

國

country

Shí yuè yī rì shì Guóqìng Jié

十月一日是國慶節。

October 1 is National Day.

The Stroke Orders 筆順

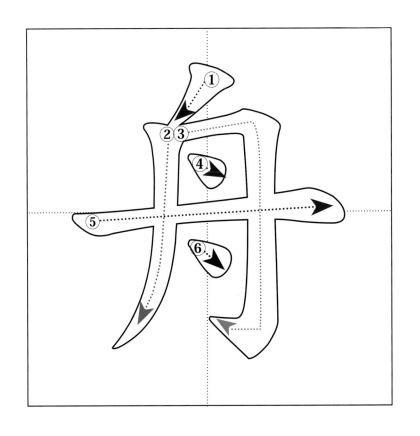

boat/ship

Duānwǔjié sài lóng zhōu

端午節賽龍舟。

There is a dragon boat competition in the Dragon Boat Festival.

The Stroke Orders 筆順

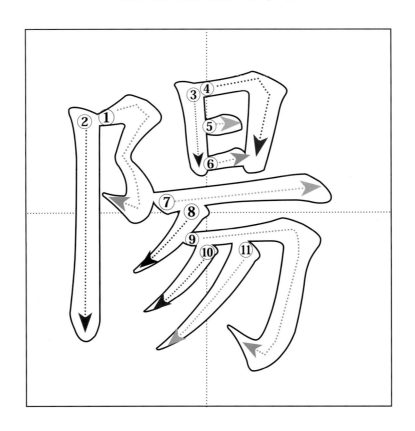

陽

sunny

Chòngyángjié shǎng jú huā

重陽節賞菊花。

During the Chong Yang Festival, people enjoy chrysanthemums.

Xīngqīsì

星期四

Thursday

xīngqīyī

星期一

Monday

Xīngqīwǔ

星期五

Friday

Xīngqīèr

星期二

Tuesday

Xīngqīliù

星期六

Saturday

Xīngqīsān

星期三

Wednesday

Xīngqīrì

星期日

Sunday

Tiān qì yù bào
天氣預報

Míng tiān shàng wǔ tiān qíng xià wǔ zhuǎn yīn
明天上午天晴，下午轉陰，

qì wēn xià jiàng dào líng xià èr shí dù wǎn shang
氣溫下降到零下二十度，晚上

yǒu dà xuě Hòu tiān yǒu dà wù běi fēng sān dào
有大雪。後天有大霧，北風三到

sì jí xià wǔ tiān qíng qì wēn zài líng xià
四級，下午天晴，氣溫在零下

èr shí èr dù zuǒ yòu
二十二度左右。

生詞：　轉　　switch
　　　　零下　below zero
　　　　大霧　heavy fog

chūn jì	xià jì	qiū jì	dōng jì	sì jì
春季	夏季	秋季	冬季	四季
xià yǔ	guā fēng	xià xuě	dà wù	dǎ léi
下雨	颱風	下雪	大霧	打雷
shǎn diàn	shuāng dòng	jié bīng	tái fēng	bīng báo
閃電	霜凍	結冰	颱風	冰雹
wēn nuǎn	hán lěng	liáng kuai	yán rè	cǎi hóng
温暖	寒冷	涼快	炎熱	彩虹

Stickers

小貼紙

99

Stick the stickers on the related Chinese characters on the following pages.
將小貼紙貼在後面相應的漢字。

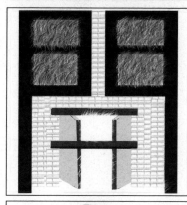

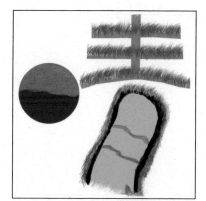

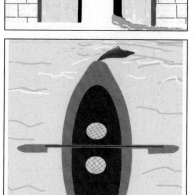
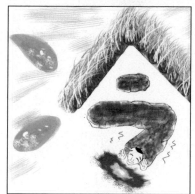

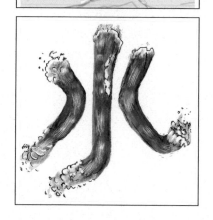

102

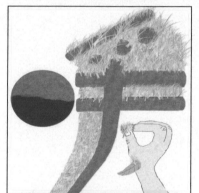

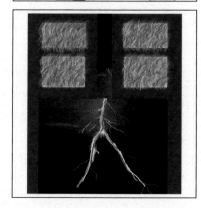

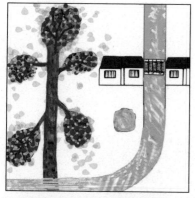
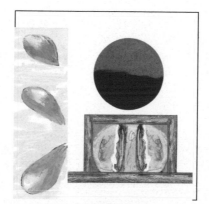
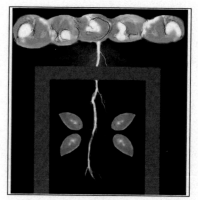

104

chūn 春	xià 夏	qiū 秋
春	夏	秋

dōng 冬	yǔ 雨	fēng 風
冬	雨	風

xuě 雪	bīng 冰	shuāng 霜
雪		霜

wēn 温	jì 季	hán 寒
温		寒

hàn 旱	táo 桃	yáng 陽
旱	桃	陽
láo 勞	mù 木	jīn 金
勞	木	金

tǔ 土	dù 度	dù 杜
土	度	杜

nuǎn 暖	hòu 候	dàn 旦
暖	候	旦

tiān 天	kǎo 烤	guǐ 鬼
天	烤	鬼

shǎn 閃	gāo 高	liàng 亮
閃	高	亮

jú 菊	shōu 收	huǒ 火
菊	收	火

guó 國	wáng 王	zào 燥
國	王	燥

jīn 今	cūn 村	lěng 冷
今	村	冷

zhōu 舟	qíng 晴	shuǐ 水
舟	晴	水

kāi 開	hào 號	shuǎng 爽
開	號	爽
xīng 星	jiē 節	qì 氣
星	節	氣

Vocabulary
詞彙

1. 春	spring	24. 夏季	summer	51. 電閃雷鳴	
2. 春天	spring	25. 秋季	autumn		thunder and lightning
3. 春暖花開		26. 冬季	winter	52. 燥	dry
	warm spring with the blossoms	27. 四月	April	53. 乾燥炎熱	
		28. 七月	July		dry and hot
4. 天	sky	29. 十月	October	54. 旱	drought
5. 大雁	wild geese	30. 十二月	December	55. 會	can/could
6. 回來	fly back	31. 有時	sometimes	56. 洪水	flood
7. 夏	summer	32. 下雨	rain	57. 或	or
8. 夏天	summer	33. 風	wind	58. 乾旱	drought
9. 農民	farmer	34. 刮風	windy	59. 景	landscape/scene
10. 種田	farming	35. 天氣	weather	60. 風景	scenery
11. 忙	busy	36. 很	very	61. 美麗	beautiful
12. 秋	autumn	37. 緩和	warm	62. 颱風	typhoon
13. 秋天	autumn	38. 溫	warm	63. 冰雹	hail
14. 碩果累累		39. 氣溫	temperature	64. 閃電	lightning
	trees bearing fruits	40. 度	degree	65. 多雲	cloudy
15. 冬	winter	41. 左右	about/or so	66. 雷雨	thunderstorm
16. 冬天	winter	42. 桃	peach	67. 晴	fine
17. 冰天雪地		43. 桃花	peach flowers	68. 每天	every day
	ground covered with ice and snow	44. 非常	very	69. 都是	all be
		45. 好看	pretty	70. 晴天	a fine day
18. 季	season	46. 狂風暴雨		71. 爽	cool/fresh
19. 北方	north		windy and stormy	72. 秋高氣爽	
20. 一年	one year	47. 候	wait		fine and fresh in autumn
21. 四季分明		48. 氣候	climate		
	four distinct seasons	49. 變化無常		73. 冷	cool
22. 季節	season		changeable	74. 熱	hot
23. 春季	spring	50. 閃	lightning		

#	漢字	英文
75.	收	receive
76.	收穫	harvest
77.	菊	chrysanthemum
78.	菊花	chrysanthemum
79.	暖	warm
80.	春花	spring flowers
81.	夏雨	summer rain
82.	秋實	autumn fruit
83.	冬雪	winter snow
84.	涼爽	cool
85.	秋收	harvest
86.	炎熱	hot
87.	溫暖	warm (formal)
88.	雪	snow
89.	下雪	snowing
90.	霜	frost
91.	霜凍	frost
92.	冰	ice
93.	河流	rivers
94.	結成	form/frozen
95.	寒	chill/cold
96.	寒冷	chill/cold
97.	烤	grill
98.	最愛	like...most
99.	燒烤	barbecue
100.	開	open
101.	李	a surname
102.	金	gold/a surname
103.	王	king/a surname
104.	木	wood/a surname
105.	杜	a surname
106.	今天	today
107.	明天	tomorrow
108.	昨天	yesterday
109.	每天	every day
110.	後天	the day after tomorrow
111.	前天	the day before yesterday
112.	土	soil/earth
113.	星	star
114.	星期一	Monday
115.	旦	dawn/once
116.	元旦	New Year's Day
117.	新年	New Year
118.	節	festival/section
119.	中國年	Chinese New Year
120.	春節	Spring Festival
121.	清	clear
122.	清明	Qing Ming
123.	勞	labor
124.	勞動節	Labor Day
125.	預報	forecast
126.	開始	begin
127.	登陸	land
128.	陰	cloudy
129.	號	horn/number
130.	兒童節	Children's Day
131.	亮	bright
132.	中秋節	Mid-Autumn Festival
133.	月亮	moon
134.	國	country
135.	國慶節	National Day
136.	舟	boat/ship
137.	端午節	Dragon Boat Festival
138.	賞	reward/enjoy
139.	陽	sunny/yang
140.	賽龍舟	dragon boat competition
141.	重陽	Chong Yang Festival
142.	星期二	Tuesday
143.	星期三	Wednesday
144.	星期四	Thursday
145.	星期五	Friday
146.	星期六	Saturday
147.	星期日	Sunday
148.	轉	switch
149.	零下	below zero
150.	大霧	heavy fog
151.	打雷	thunder
152.	結冰	frozen
153.	涼快	cool
154.	彩虹	rainbow